선학동 나그네

소설,
사진을
만나다
002

선학동 나그네

이청준 글 · 윤종현 사진

선학동 나그네

지은이 | 이청준
발 행 일 | 2010년 1월 21일 초판 1쇄 발행
펴 낸 이 | 양근모
편   집 | 김설경   디자인 | 송하빈   마케팅 | 박진성
발 행 처 | 도서출판 청년정신
등   록 | 1997년 12월 26일 제10-1531호
주   소 | 경기도 파주시 교하읍 문발리 535-7 세종출판벤처타운 408호
전   화 | (031) 955-4923~5   팩스 | (031) 955-4928
이 메 일 | pricker@empal.com

이 책은 저작권법에 의해 한국 내에서 보호를 받는 저작물이므로
무단전재와 무단복제를 금합니다.

선학동 나그네

● 이청준

  우리 현대소설사를 빛낸 가장 지성적인 작가의 한 사람인 이청준李淸俊은 1939년 9월 9일 전라남도 장흥에서 태어나 광주 제일고등학교를 거쳐 서울대학교 문리과대학 독문과를 졸업하였다.

  1965년 단편소설 〈퇴원退院〉이 《사상계》 신인문학상에 당선되어 문단에 나왔고, 1968년에는 〈병신과 머저리〉로 제12회 동인문학상을 수상하면서 왕성한 작품 활동을 시작하였다.

  〈소문의 벽〉, 〈등산기〉 등을 발표해 현실과 이상 사이의 갈등과 그 속에서 일어나는 심리적 고통을 묘사했던 작가는, 사물의 겉모습을 표현하기보다는 그 이면에 숨겨진 진실을 탐색하는 데 집중하였으며, 〈언어사회학서설〉 연작과 〈서편제〉가 들어 있는 《남도사람》 연작 및 《당신들의 천국》을 비롯한 일련의 장편들, 그리고 1998년 21세기문학상 수상작인 〈날개의 집〉에 이르기까지, 그의 소설 역정은 우리 해방 50년사에 있어서 가장 진실한 영혼의 궤적을 보여준다. 또한 그의 작품세계는 현상 이면에 존재하는 영혼의 본질과 삶의 실체에까지 육박해 들어가면서 매우 소중한 암시와 웅숭깊은 상징의 밑자리를 보여주었다는 평을 받았다.

 황무지와도 같은 현실에서 날아오르는 영혼의 비상학飛翔鶴을 꿈꿔온 작가, 이청준은 2006년 여름 폐암 판정을 받고 투병하다가 2008년 7월 31일 새벽 4시쯤에 68세로 세상을 떠났으며, 금관문화훈장이 추서되었다.

 〈서편제〉가 임권택 감독의 '서편제'로 〈벌레이야기〉가 이창동 감독의 '밀양'으로 영화화되기도 하였다.

남도 땅 장흥에서도 버스는 다시 비좁은 해안 도로를 한 시간 남짓 내리달린 끝에, 늦가을 해가 설핏해진 저녁 무렵이 되어서야 종점지인 회진으로 들어섰다.
　차가 정류소에 멎어 서자, 막판까지 넓은 차칸을 지키고 앉아있던 일고여덟 명 손님이 서둘러 자리를 일어섰다. 젊은 운전기사 녀석은 그새 운전석 옆 비상구로 차를 빠져 나가 머리와 옷자락에 뒤집어쓴 흙먼지를 길가에서 훌훌 털어내고 있었다.
　사내는 맨 마지막으로 차를 내려섰다. 차를 내린 다른 손님들은 방금 완도 연락을 대기하고 있는 여객선의 뱃고동 소리에 발걸음들이 갑자기 바빠지고 있었다.

　사내는 발길을 서두르지 않았다.

　그는 배를 탈 일이 없었다. 발길을 서두르는 대신 그는 이제 전혀 할 일이 없는 사람처럼 한동안 밀물이 차 오르는 선창 쪽 바다만 바라보고 있었다. 하다간 뒤늦게 무슨 할 일이 떠오른 듯 눈에 들어오는 근처 약방으로 발길을 황급히 재촉해 들어갔다.

　약방에서 사내는 이마에 저녁 볕 조각을 받고 앉아 있는 젊은 아낙네에게 바카스 한 병을 샀다. 거스름돈을 내주는 여자에게 그가 물었다.

　"아주머니, 요즘 물때가 저녁 만조겠지요?"

　"그러겠지라우, 보름을 지낸 지가 엊그제니께요. 지금도 하마 물이 거의 차 올랐을 텐디요?"

거스름을 내주며 묘하게 게으르고 건성스러워 들리는 사투리의 여자에게 사내가 다시 재우쳐 물었다.
"선학동 쪽에 하룻밤 묵어갈 만한 곳이 있을까요? 옛날엔 그 쪽 길목에 술도 팔고 밥도 먹여 주는 조그만 주막이 하나 있었던 걸로 기억합니다만……."
여자는 그제서야 쉰 길을 거의 다 들어서고 있는 듯한 사내의 행적을 새삼 눈여겨보는 듯했다. 하지만 그녀는 어딘가 짙은 피곤기 같은 것이 어려 있는 사내의 표정과 허름한 몰골에 금세 흥미가 떨어지는 어조였다.
"손님도 아마 선학동이 첫길은 아니신가 본디, 그야 사람 사는 동네에 하룻밤 길손 묵어갈 곳이 없을랍디요. 동네로 건너가는 길목에 아직 주막도 하나 남아 있고요……."
사내는 바카스병을 열어 안엣것을 마시고 나서 곧 약국을 나왔다. 그러고는 이내 선창거리를 빠져 나가 선학동 쪽으로 늦은 발길을 재촉해 나서기 시작했다.

서쪽 산마루 위로 낙조가 아직 한 뼘쯤 남아 있었다.

"서둘러 가면 늦지 않겠군."

사내는 혼자 중얼거리며 걸음걸이에 한층 속도를 주었다.

…… 이 곳을 지난 것이 30년쯤 저쪽 일이던가. 그 때 기억에 따르면, 선학동까지는 이 회진포에서도 아직 10리 길은 족히 되고 남은 거리였다. 해안으로 그 10리 길을 모두 걸어 닿아야 할 필요는 없었다. 이쪽 길목에 아직 주막이 남아 있다면, 그 선학동을 물 건너로 바라볼 수 있는 주막까지만 닿으면 되었다. 하다못해 그 선학동 포구를 내려다볼 수 있는 돌고개 고빗길만 돌아서게 되어도 그만이었다.

하지만, 해 안으론 어쨌거나 선학동을 보아야 했다. 선학동과 선학동을 감싸안고 뻗어 내린 물 건너 산자락을, 그 선학동 산자락을 거울처럼 비춰 올릴 선학동 포구의 만조滿潮를 놓치지 말아야 했다.

사내는 발길을 서둘러 댔다.

한동안 물깃을 따라 돌던 해변길이 이윽고 산길로 변하였다. 선학동으로 넘어가는 돌고개 산길이 시작되고 있었다. 왼쪽으로 파란 회진포의 물길을 내려다보며 산길은 소나무 숲 무성한 산굽이를 한참이나 구불구불 돌아나가고 있었다.

솨 — 솨 —

솔바람 소리가 제법 시원스럽게 어우러져 들었으나, 갈 길이 조급한 사내의 이마에선 땀방울이 송글송글 돋아났다.

소리

여객선의
긴 뱃고동 소리

붕—

왼쪽 눈 아래로 때마침 포구를 빠져나가는 완도행 여객선의 바쁜 뱃길이 그림처럼 내려다보였다. 사내는 여객선의 긴 뱃고동 소리에조차 공연히 마음이 쫓기는 심사였다. 그는 그 여객선과 시합이라도 벌이듯 허겁지겁 산길을 돌아들었다.

하지만 여객선의 속력과 사내의 걸음걸이는 처음부터 상대가 될 수 없었다. 배는 순식간에 포구를 빠져 나가 넓은 남해 바다를 향해 까맣게 섬기슭을 돌아서고 있었다.

사내도 이젠 거의 마지막 산굽이를 돌아들고 있었다. 선학동 쪽으로 길을 넘어설 돌고개 모롱이가 눈앞에 있었다.
　사내는 새삼 표정이 긴장되기 시작했다. 산길이 제법 높아 그런지 저녁 해가 회진 쪽에서보다 아직 한 뼘 길이나 더 남아 있었다. 이제 마지막 산모롱이를 하나 올라서고 나면, 거기서 다시 오른쪽으로 길게 뻗어 들어간 선학동 포구의 긴 물길이 눈앞을 시원히 막아설 것이었다. 그리고 거기서 그는 보게 될 것이다. 장삼 자락을 길게 벌려 선학동을 싸안은 도승 형국의 관음봉觀音峰과 만조에 실려 완연히 모습지어 오를 그 신비스런 선학仙鶴의 자태를. 그리고 또 재수가 좋으면 어쩌면 듣게 될 것이었다. 그 도승의 품속 어디선가로부터 둥둥둥둥 포구를 울리며 물을 건너오는 산령山靈의 북소리를, 그리고 그 종적 모를 여인의 한스런 후일담을······.

 사내는 억누를 수 없는 기대감 때문에 발걸음마저 차츰 더디어져 가고 있었다.
 하지만 사내에겐 오래 망설여댈 여유가 없었다. 그는 긴장한 자신을 달래기 위해 심호흡을 한 번 크게 내뱉고 나선 이내 성큼성큼 마지막 산모롱이를 올라섰다.
 순간 — 사내의 얼굴 표정이 커다랗게 흔들렸다.
 눈앞에 펼쳐진 풍광이 너무도 의외였다.
 돌고개 너머론 또 한 줄기 바다가 선학동 앞까지 길게 뻗어 들어가 있어야 하였다. 물이 있어야 할 곳에 물이 없었다. 바닷물은 언제부턴가 돌고개 기슭에서부터 출입이 끊겨 있었다. 돌고개 기슭과 관음봉의 오른쪽 산자락 끝을 건너 이은 제방이 포구의 물길을 끊어 버리고 있었다. 포구는 바닷물 대신 추수가 끝난 빈 들판으로 변해 있었다. 들판 건너편으로 옹기종기 집들이 모여 앉은 선학동의 모습이 아득히 떠올랐다. 비상학飛翔鶴의 모습은 자취를 찾을 수가 없었다. 포구에 물이 없으니 선학仙鶴은 처음부터 날아 오를 수가 없었다. 둥둥……. 관음봉 지심地心에서부터 물을 긷니 올려 온다던 그 산령의 북소리도 들려 올 리 없었다. 변하지 않은 것은 다만 장삼자락을 좌우로 길게 펼쳐 앉은 법승法僧 형국의 관음봉뿐이었다. 그 기이한 관음봉의 자태도 포구에 물이 차 올라 있을 때의 얘기였다. 마른 들판을 싸 안은 관음봉은 전날과 같이 아늑하고 인자스런 지덕地德과 풍광을 깡그리 잃고 있었다. 그것은 다만 들판을 둘러싸고 내려앉은 평범한 산줄기에 불과했다.

선학동仙鶴洞 — 그곳엔 옛부터 기이한 이야기 한 가지가 전해 오고 있었다. 이야기는 포구 안쪽에 자리잡은 선학동의 뒷산 모습으로부터 연유한 것이다. 그 산세가 영락없는 법승의 자태를 닮고 있었기 때문이었다. 마을 뒤쪽으로 주봉을 이루고 있는 관음봉은 고깔처럼 뾰죽하게 하늘로 치솟아오른 모습이 영락없는 법승의 머리통을 방불케 하였고, 그 정봉頂峰을 한참 내려와 좌우로 길게 펼쳐 내려간 양쪽 산줄기는 앉아 있는 법승의 장삼 자락을 형용하고 있었다. 선학동 마을은 이를테면 그 법승의 장삼자락에 안겨든 형국이었다. 그런데다 마을 앞포구에 밀물이 차오르면 관음봉 쪽 상심의 어디 선가로부터 둥둥둥둥 법승이 북을 울려 대는 듯한 신기한 지령음地靈音이 물 건너 돌고개 일대까지 들려오곤 한다는 것이었다.

마을터가 상서롭게 일컬어져온 것은 말할 나위가 없었다.

그러나 마을 사람들에게 보다 더 관심이 가는 일은 선대들의 묘자리를 위해 관음봉 산자락 가운데서도 진짜 지령음이 솟아오르는 명당明堂 줄기를 찾는 일이었다. 마을엔 옛부터 그 지령음이 울려나오는 곳에 진짜 명당이 숨어 있다는 말이 전해져 오고 있는 데다. 사람들은 그 명당을 찾아 조상의 뼈를 묻음으로써 관음봉의 음덕을 대대손손 누리고 싶어했기 때문이다.

뿐더러, 관음봉 산록에 명당이 있다 함은 이 마을을 선학동이라 부르게 된 데에도 또 하나 깊은 내력이 있었다. 산의 이름이 관음봉이라 한다면 마을 이름도 마땅히 관음리 정도가 되는 게 상례였다. 그러나 마을은 옛부터 이름이 선학동이라 하였다. 까닭인즉, 마을 앞 포구에 밀물이 차오르면 관음봉이 문득 한 마리 학으로 그 물 위를 날아오르기 때문이었다. 포구에 물이 들면 관음봉의 산 그림자가 영락없는 비상학의 형국을 자아냈다. 하늘로 치솟아오른 고깔 모양의 주봉은 힘찬 비상을 시작하고 있는 학의 머리요, 길게 굽이쳐 내린 양쪽 산줄기는 그 날개의 형상이 완연했다.

포구에 물이 차 오르면 관음봉은 그래 한 마리 학으로 물 위를 떠돌았다. 선학동은 날아오르는 학의 품안에 안긴 마을인 셈이었다.

 동네 이름이 선학동이라 불리게 된 연유였다. 그리고 그런 연유로 관음봉의 명당은 더욱 굳게 믿어지고 있었다. 명당을 얻기 위해 관음봉 일대에 묻힌 유골은 헤아려 낼 수도 없을 정도였다.

 그러나 이제는 그 포구에 물길이 막혀 있었다. 관음봉의 그림자가 내려 비칠 곳이 없었다. 포구의 물이 말라 버림으로 하여 이제는 더 이상 관음봉이 한 마리 선학으로 물 위를 날아오를 수 없게 된 것이었다.

 관음봉은 이제 날개가 꺾여 주저앉은 새였다. 그것은 이제 꿈을 잃은 산이었다.

 사방은 어느새 저녁 어스름이 짙게 젖어들어 오고 있었다. 어스름이 내려 깔린 들판 건너로 관음봉의 무심스런 자태가 더욱 더 황량스럽게 멀어져 갔다.

솨 — 솨 —

솔바람소리가 시시각각으로 짙은 어둠을 몰아왔다.

사내는 그제서야 자리에서 일어섰다. 그리고 비로소 생각이 난 듯이 뻗어 내려간 들판과 어둠 속으로 눈길을 천천히 훑어 내리기 시작했다.

이제 여자의 소식을 만날 희망 따윈 머리에서 깡그리 사라지고 없었다. 고을 모습이 너무도 많이 달라져 있었다. 선학동엔 이제 선학이 날지 않았다. 학이 없는 선학동을 여자가 일부러 지나쳤을 리 없었다.

하지만, 이젠 날이 너무 어두워지고 있었다. 그리고 기왕 날을 잡아 나선 길이었다. 주막에서 하룻밤을 묵어갈 수밖에 없었다.

약국 여자가 일러준 대로 주막은 금세 찾아낼 수 있었다. 산길이 들판으로 뻗어 내려간 솔숲 기슭에 10여 가호 정도의 작은 마을이 하나 새로 생겨나 있었다. 포구를 막아 들판이 되면서 길목 따라 생겨난 마을인 듯했다.

사내는 휘청휘청 힘없는 걸음걸이로 산길을 내려갔다. 주막은 마을 초입께에 마른 버섯처럼 낮게 쪼그려 붙어 앉아 있었다. 초가 지붕을 인 옛 그대로의 모습이 어슴푸레 기억 속에 되살아났다. 사내는 그 음습하고 쇠락한 주막집 사립문 안으로 들어섰다.

"주인장 계십니까?"

사내의 인기척소리에 어두운 부엌 쪽에서 이내 한 중년 연배의 아낙이 치맛자락에 물 묻은 손을 훔치며 나타났다.

얼핏 보아하니 기억이 전혀 떠오르지 않는 얼굴이었다. 주막 주인이 바뀐 모양이었다. 하기야, 그 무렵에 이미 쉰 고개를 훨씬 넘어서고 있던 주막집 노인이었다. 삼십년이면 강산이 변해도 세 번은 변했을 세월이었다. 그때의 노인이 아직 주막을 지키고 남아 있을 리 없었다.

"목 좀 축일 수 있겠소?"
그는 별 요량도 없이 아낙에게 말했다.
"약주를 드실라고요?"
아낙은 왠지 그리 달갑지 않은 어조로 그에게 되물어왔다.
"그럽시다."
사내는 거의 건성으로 대꾸하고 나서 마루 위로 털썩 몸을 주저앉혔다.
"갖다놓은 지가 며칠 돼서 술이 좀 안 좋을 것인디 그래도 괜찮겠소?"
 아낙은 마치 술을 팔기 싫은 사람처럼 한 번 더 다짐을 주고 나서야 부엌 쪽으로 몸을 비켜 나갔다.

아낙의 태도는 웬일인지 늘상 그런 식이었다.

잠시 후, 아낙이 초라한 목판 위에다 김치 보시기 하나와 술주전자를 얹어 내왔을 때, 사내가 다시 아낙에게 말했다.

"어떻게 서녁 요기도 좀 함께 부탁드릴 수 있겠소?"

아낙은 이번에도 주막집 여편네답지 않게 심드렁한 소리로 되물어 왔다.

"왜, 이 곳이 초행길이신게라우?"

"예, 초행길이나 다름없습니다. 그래 오늘 하룻밤을 여기서 아주 묵어 갔으면 싶소만……"

"왜 묵고 가기가 어렵겠소"

　내친 김에 사내가 밤까지 묵어 갈 뜻을 말했으나, 아낙은 역시 마음이 금방 내켜 오지 않는 표정으로 그의 눈치만 살피고 있었다.
　"왜 묵고 가기가 어렵겠소?"
　사내가 재차 묻고 들자 아낙은 그제서야 마지못한 듯 반 허락을 해왔다.
　"글쎄……, 요샌 밤을 묵어가신 손님이 통 없어놔서요. 상 차림새도 마땅찮고 잠자리도 험할 것인디, 그래도 손님이 좋으시다면 할 수 없지라우."
　사내는 그래도 상관이 없노라고 했다. 그게 돈 받고 남의 시중 들어 주는 남도 사람들의 소박한 자존심이나 결벽성 때문이거니 여기며 그 역시 마음 속에 크게 괘념을 않으려 했다.

"선학동 포구가 그새 모두 들판이 되었는데도 형편들은 그리 나아지질 못한 것 같군요."

사내는 기둥 하나 너머로 부엌일을 서둘러 대고 있는 아낙에게 망연스런 어조로 말하며, 혼자 술잔을 비워내기 시작했다. 그런데 그 소리가 인연이 되어 사내와 아낙 사이에 오간 몇 마디가 뜻밖의 인물을 불러내고 있었다.

"글씨, 우리 같은 길갓집 살림이야 고을 인심에 기대 사는 처진디, 들농사가 는다고 그런 인심까지 함께 늘지는 않는갑습다."

　주막집 아낙은 사내가 말한 뒤 한 식경이나 지나서 솔불 연기 사이로 구정물통을 한 손에 들고 서서 잠시 지난날의 주막 일을 푸념 섞어 들춰냈다.
　"그야, 한 십여 년 전엔 포구일 때문에 공사판 사람들이 줄을 서가며 찾아들 때도 있긴 했지만, 그것도 그저 한때뿐, 공사가 끝나고는 그만 아니었겄소."
　"선학동에 학이 날지를 못하게 됐으니 그런가 보군요."
　아낙의 푸념에 사내는 문득 들판 건너 어둠 속에 싸여들고 있는 관음봉 쪽을 건너다보며 아직도 반혼잣말처럼 무심스레 밀했다.

"선학동은 이제 이름뿐 아닙니까? 관음봉이 그림자를 드리울 물을 잃었으니 학이 이제는 날아오를 수가 없지요. 그래 학마을에서 학이 날지를 못하게 됐으니 인심이 그렇게 말라든 거 아니겠소……."

그런데 그 때,

"포구물이 말랐다고 학이 아주 못 나는 것은 아니지요."

덜컹 하고 안방문이 열리며 느닷없는 목소리가 밖으로 튀어나왔다. 말꼬리를 잇고 나서는 품이 여태까지 문 뒤에서 바깥 얘기를 귀담아듣고 있었음이 분명했다. 주인 사내쯤 되는 것 같았다.

그는 어느새 등불까지 켜들고 인사말도 없이 불쑥 손에게로 다가왔다. 그러고는 다시 심상찮은 소리를 덧붙여 왔다.

"하기야, 이 포구의 물길이 막힌 뒤로는 우리도 한동안 그리 생각을 했지요. 물이 마른 포구에 진짜로 관음봉이 그림자를 드리울 수는 없었으니께요. 하지만, 요샌 사정이 다시 달라졌어요……. 노형은 보실 수가 없을지 모르지만, 이 물도 없는 포구에 학이 다시 날길 시작했거든요……."

죽었던 학이
날기를 시작했다?

 주인 사내는 말을 하면서도 왠지 이 쪽 표정을 무척이나 세심하게 살피고 있는 기미가 역력했다. 하더니 그는 마침내 어떤 확신이 선 듯, 그래 어느 구석인가는 오히려 시치밀 떼고 있는 듯한 어조로 손의 호기심을 돋우고 들었다.
 "연전에 한 여자가 이 동넬 찾아들었지요. 그 여자가 지나간 다음부터 이 고을에 다시 학이 날기를 시작했어요……. 헌디, 손님도 아마 오래전부터 이 선학동의 비상학 얘길 알고 기셨던 모양이지요?"
 …… 죽었던 학이 다시 날기를 시작했다? 한 여자가 이 고을을 찾아들고 나서부터?

사내에게 비로소 어떤 질긴 예감이 움직여오기 시작했다. 사내의 말투는 어딘지 이미 이쪽 맘속을 환히 꿰뚫고 있는 것 같았다. 그리고 일부러 그의 궁금증을 충동질해오고 있는 것 같았다.

하지만, 그보다 사내가 긴장 한 것은 그가 켜들고 온 희미한 불빛 아래로 주인 사내의 얼굴을 보았을 때였다. 불빛에 드러난 사내의 얼굴엔 이미 초로의 피곤기 같은 것이 짙게 어려 들고 있었다. 하지만 그는 금세 사내의 불거진 광대뼈와 짙은 두 눈썹 모습에서 까맣게 잊고 있던 한 소년의 모습을 떠올릴 수 있었다.

…… 죽었던 학이

다시 날기를 시작했다?

한 여자가

이 고을을 찾아들고 나서부터?

그는 긴장감 때문에 가슴이 새삼 두근거려오기 시작했다. 그리고 그런 경우에 늘상 그래 왔듯이 목소리를 잔뜩 낮추었다.

"그거 참 듣던 중 희한한 얘기로군요. 아닌게아니라, 나도 이 선학동 비상학 얘기는 오래전에 한 번 들은 일이 있었소마는, 그래 어떤 여자가 이 골을 다녀갔길래 가라앉아 버린 학을 다시 날아오르게 했단 말이오?"

사내는 선학동을 찾은 것이 허사가 되지 않을 것 같았다.

주인은 손에게 너무도 많은 기대를 가지게 했다. 손은 주인에게 은근히 여자의 이야기를 졸라댔다. 그는 여자가 선학동의 학을 다시 날아오르게 한 사연을 몹시도 듣고 싶어하였다.

주인은 그러나 거기서부터는 왠지 이야기를 쉽게 털어놓으려 하지 않았다. 그는 손 앞에서 새삼 이야기의 서두를 망설이고 있었다.

"그거 뭐 노형한테는 상관이 되는 일도 아닐 텐디요……. 이따 저녁 요기나 끝내고 나시거든 심심파적으로나 들려드릴까……."

이야기를 잠시 피해 두고 싶은 듯 자리까지 훌쩍 비켜버리는 것이었다.

하지만, 손 쪽도 이제는 짐작이 있었다. 주인 사내는 손이 그토록 듣고 싶어하는 연유조차도 묻질 않았다. 그러나 그 주인 역시도 어딘지 이제는 손 앞에서 여자의 이야기를 털어놓고 싶은 기미가 역력했다. 작자는 짐짓 손의 조바심을 돋우려는 게 분명했다.

사내의 짐작은 과연 옳았다.

주인 사내는 그새 어디 마을이라도 나간 듯 손이 그럭저럭 저녁상을 물린 다음까지도 통 모습을 나타내지 않았다. 그래 혼자 술청 뒷방에서 막막한 예감에 부대끼던 사내가 참다못해 다시 앞마루로 나가 보니, 작자가 또 어느새 소리도 없이 그곳에 돌아와 있었다. 뿐더러, 그는 어느새 술상까지 마루로 내받고 있었는데, 그것도 여태 손이 나오기를 기다리고 있었던 듯 빈 술잔 한 개를 남겨두고 있었다. 그리고 비로소 손이 나타나자, 그는 이번에도 말이 없이 남은 술잔을 다짜고짜 손 앞으로 채워 건넸다.

손도 말없이 주인 건너편 술상 앞으로 자리를 잡고 걸터앉았다.
 보름 지난 달빛이 들판을 가득 내려비추고 있었다. 등잔불도 없는 술자리가 달빛으로 밝기가 그만저만하였다.
 손이 이윽고 술잔을 비워내어 주인에게 건넸다. 그러자 주인도 자기 앞의 술잔을 손에게로 비워 건네며 제물에 먼저 입을 열어 오기 시작했다.
 "그러니께 지금서부터 한 삼십 년 전 내가 이 집에서 술 심부름을 하고 지내던 시절이었지요……."

주인은 이제 앞뒤 사정을 제쳐놓고 단도직입적으로 어렸을 적 이야기를 꺼내었다. 손으로선 다소 갑작스런 이야기가 아닐 수 없었다. 주인이 거두절미 어렸을 적 얘기를 꺼낸 것처럼, 손 쪽도 뭔가 이미 예상을 하고 있었던 듯 표정이 그리 설어 보이지 않았다.

"어느 해 가을이던가. 이 집에 참 빼어난 남도 소리꾼 부녀가 찾아든 일이 있었어요. 머리가 반백이 다 되어 가는 늙은 아비하고 이제 열 살이 넘었을까 말까 한 어린 계집아이 부녀였는디, 철모를 적에 들은 기억이지만, 양쪽이 모두 명창으로다 소리가 좋았지요……"

주인은 제법 소중스레 간직해 온 이야기를 털어놓듯 목소리가 차츰 낮게 가라앉아 가고 있었다. 주인의 이야기에 말없이 귀를 기울이고 있는 손의 표정도 그럴수록 조급하게 쫓겨대고 있었다. 주인은 그 손이 뭔가 자신의 예감에 부대끼고 있는 기미는 아랑곳도 않은 채 혼자서 이야기를 이어갔다.

"소리는 주로 아비 되는 노인 쪽이 많이 하고, 딸아이에겐 아직 소리를 가르치기 겸해 어쩌다 한 번씩밖에 시키는 일이 없었지만서도, 우리가 듣기엔 딸아이의 목청도 노인에 진배없이 깊고 도도했지요.

그 부녀가 온 뒤로 주막은 날마다 소리 즐기는 사람들 발길이 끊일 날이 없었어요. 헌디, 노인은 선학동 사람들이 소리를 들으러 이 주막으로 물을 건너오게 했을 뿐, 당신이 소리를 하러 주막을 떠나는 일은 한 번도 없었어요. 언제고 이 주막에 앉아서 소리를 했지요. 연고를 알고 보니 노인은 그 때 이 주막에 앉아 소리를 하면서 선학동 비상학을 즐기셨던 거드구만요. 포구에 물이 차 오르고 선학동 뒷산 관음봉이 물을 타고 한 마리 비상학으로 모습을 떠올리기 시작할 때면, 노인은 들어 주는 사람이 있거나 없거나 그 비상학을 벗삼아 혼자 소리를 시작하곤 했어요.

해질녘 포구에 물이 차오르고 부녀가 그 비상학과 더불어 소리를 시작하면 선학이 소리를 불러낸 것인지, 소리가 선학을 날게 한 것인지 분간을 짓기가 어려운 지경이었지요. 헌디, 그렇게 한 서너 달쯤 지났을까요. 노인넨 그 동안 맘 속으로 깊이 목적한 일이 따로 있었던 거드구만요. 무어라 할까……. 노인넨 그냥 비상학을 상대로 소리만 즐긴 게 아니라 어린 딸아이의 소리에 선학이 떠오르는 이 포구의 풍정을 심어 주려고 했다고나 할까……. 하여튼지, 한 서너 달 그렇게 소리를 하고 나니 노인네 뜻이 그새 어느 만큼은 채워졌던 봅니다. 계집아이의 소리가 처음 주막을 찾아들었을 때보다도 훨씬 더 도도하고 장중스러워지는구나 싶었을 때였어요. 부녀가 홀연 주막을 떠나가고 말았어요. 그러곤 영 소식이 없었지요……."

　　주인은 거기서 목이 맺히는 듯 다시 술잔을 비워 손에게로 건넸다. 손은 말없이 그 술잔을 받아 놓음으로써 주인의 이야기를 재촉했다.
　　주인이 다시 이야기를 계속했다.
　　"그 뒤로 이 선학동엔 부녀의 소리를 잊지못해 하는 사람들이 많았지요. 기약도 없이 떠나가버린 부녀가 다시 한 번 이 고을을 찾아 주기를 기다리는 사람도 많았고요. 하여간에 그 부녀의 소리는 두고두고 이 고을 사람들 입에 오르내리는 이야깃거리로 남게 되었어요.
 하지만, 부녀는 다시 마을을 찾아온 일이 없었고, 그럭저럭 하다보니 이 선학동 사람들도 종당엔 부녀의 일을 차츰 잊어 가기 시작했지요. 그리고 이 산밑 포구가 마른 들판으로 변해 가고 관음봉이 다시 학이 되어 물 위를 날 수 없게 된 담부터선 그 부녀의 이야기도 영영 사람들 머리에서 잊혀지고 말았어요.

그 여자가 아니라면
누구겠소?

　"헌디, 아마 서너 해 전 봄이었을 거외다……. 그러니께 그 때만 해도 벌써 포구가 맥힌 지 칠팔 년이 지난 뒤라 소리꾼 부녀는 물론 비상학의 기억까지도 까맣게 들 잊고 지내던 참이었는디, 어느 날 느닷없이 여자가 여길 다시 왔어요……."
　주인은 거기서 다시 한 번 말을 멈추고 손 쪽을 이윽히 건너다보았다.
　이야기는 이제 바야흐로 줄기로 접어들어가고 있었다. 손 쪽에서도 이젠 더 이상 조용히 예감을 견디고만 있기가 어려워진 것 같았다.
　"여자라니요? 그 때 그 소리를 하던 노인의 딸아이가 말이오?"
　손이 자기 앞에 밀린 술잔을 하나 재빨리 비워내어 주인 쪽으로 건네며 물었다.

"그 여자가 아니라면 누구겠소?"

주인은 손의 참견을 가볍게 나무라고 나서 다시 이야기를 계속했다.

"그새 많이 장성을 하였더구만요. 아니, 장성을 했다기보다는 소리에 세월이 많이 배어들었어요. 소리를 배워준 옛날 노인네도 오래 전에 벌써 여읜 뒤였고 허지만 난 금방 여잘 알아봤지요. 여자 쪽도 물론 이쪽을 쉬 알아봐줬고……."

"무슨 일로 여자가 다시 이 고을을 찾아들었소?"

손이 다시 참을성 없이 끼여들었다. 하지만 주인은 이제 그러는 사내를 굳이 허물하고 싶은 기색이 아니었다.

"그야 우선은 옛날 선학동의 비상학을 한 번 더 찾아보고 싶어서였겠지요. 허지만 여자는 이 선학동 학이나 소리하는 것 말고도 진짜 치러야 할 일거리를 한 가지 지니고 왔었소……."

주인은 간단히 손의 궁금증을 무지르듯 말하고 다음 이야기를 이으려 하였다.

그 때 손이 또 한 번 주인의 말줄기를 끊고 들었다.

"치러야 할 일거리라뇨? 그 여자가 무슨 일거릴 가지고 왔었소?"

예감에 부대껴대다 못한 참견이었다.

주인은 이제 손의 참견을 아예 무시해버리려는 눈치였다. 그는 이제 손 쪽에서 무얼 물어오고 무얼 조급해하든 짐짓 아랑곳을 않으려는 어조로, 또는 누구에겐가 그걸 전하기 위해 오랜 세월을 기다려온 사람처럼 다소간은 무겁고 조급한 어조로 혼자 이야기를 계속해 나갔다.

여자에 관한 그 주인의 이야기는 대강 이런 것이었다.

여자는 옛날의 아비 대신 웬 초로初老의 남정 한 사람과 늦은 저녁길로 주막을 찾아왔다.

그 때 그 초로의 남정은 여자의 소리 장단통 하나와 매동거지가 제법 얌전한 나무 궤짝 하나를 등에 지고 왔는데, 그 나무 궤짝은 다름아닌 여자의 옛날 아비의 유골을 모신 관구였다.

 여자는 옛날 소리를 하고 떠돌다가 보성 고을 어디선가 숨이 걷혀 묻힌 아비의 유골을 이십여 년만에 다시 선학동으로 수습해 온 것이었다. 그것은 물론 이 선학동 산하에 당신의 유골을 묻어 드리기 위해서였는데, 그게 당신의 유언인 듯싶었고, 여자로서도 그게 오랜 소망이 되어왔다는 것이었다.

 그러나 선학동은 원래부터 명당이 숨어 있는 곳으로 소문이 나 있는 곳이었다. 선학동 산지엔 이미 다른 유골을 묻을 곳이 없었다. 묘자리를 잡을 만한 곳은 이미 모두 자리가 잡혀졌고, 설사 아직 그런 곳이 남아 있다 하여도 임자 없는 땅이 있을 리 없었다. 암장이나 도장이 아니고는 여자는 이내 일을 치를 수가 없었다. 마을엔 이제 여자의 소리와 비상학의 기억을 지니고 있는 사람이 많지 않았다. 여자의 소문을 들은 마을 사람들은 은근히 자기네 산 단속들을 서두르고 나섰다. 암장이나 도장조차도 섣불리 엄두를 낼 수 없었다.

하지만, 여자는 서두르지 않았다. 일을 서두르거나 초조해하는 빛이 조금도 없었다. 여자는 그저 소리만 하면서 날을 보냈다. 해가 설핏해지면 여자의 소리가 주막 일대의 어둠을 흔들었다.

함평천지 늙은 몸이…….

여자가 소리를 하고 초로의 남정이 장단을 잡았다. 나이 든 여자의 도도한 목청은 차츰 선학동 사람들을 주막까지 건너오게 하였고, 그 소리는 또 날이 갈수록 다시 듣는 사람의 애간장을 들끓어오르게 만들곤 하였다.

여자의 소리가 며칠 그렇게 계속되자, 선학동 사람들에게 이상한 일이 일어나기 시작했다. 선학동 사람들 중엔 누구도 아직 여자의 아비에게 땅을 내주려는 사람이 없었다. 하지만 여자의 소리를 들은 사람들은 그녀의 아비가 언젠가는 그곳에 땅을 얻어 묻히게 되리라는 것을 알았다. 그걸 지극히도 당연한 일처럼 생각했다. 그게 누구네 산이 될지도 몰랐고, 어떤 식으로 그렇게 일이 되어 갈지도 몰랐지만, 어쨌거나 사람들은 여자의 소리를 듣고 막연히 그런 생각들을 하고 있었다.

주막집 사내는 더더구나 그랬다. 그는 누구보다도 여자의 소리에서 깊은 암시를 겪어 내고 있었다. 그리고 그것이 무엇인지를 스스로 분명히 느끼고 있었다. 그는 다만 때가 오기를 기다렸다.

그리고 어느 날 마침내 그 때가 다가왔다.

쑥대머리 귀신 형용
적막옥방 홀로 앉아

어느 날 밤 — 그 날사 말고 여자는 유난히 힘을 들여 소리를 하였다. 그리고 자정이 넘어서야 여자는 간신히 소리를 그쳤고, 선학동 사람들도 들판을 건너갔다.

마을 사람들이 모두 잠자리를 찾아 들판을 건너간 다음 여자가 마침내 주막을 나섰다. 초로의 남정에게 아비의 유골을 지워 밤길을 앞세우고서였다. 그리고 그것으로 여자는 그만 다시는 주막으로 돌아오지 않았.

어디엔가 아비의 유골을 암장하고 그길로 선학동을 떠나가버린 것이었다.

"헌디, 괴이한 것은 여자가 떠나간 뒤의 이 선학동 사람들이었어요."

주인은 이제 그쯤에서 이야기를 거의 끝내 가고 있는 것 같았다. 그는 이제 마을 사람들의 괴이한 태도로 이야기의 마무리를 지어 나갔다.

"하룻밤 사이에 여자가 갑자기 동넬 떠나가버렸는디도 그 여자의 일에 대해선 아무것도 서로 묻는 법이 없었거든요. 언젠가는 여자가 으레 그런 식으로 떠나갈 줄을 알고 있었던 듯이 말이오. 일테면 사람들은 여자가 어

떻게 마을을 떠나간 건지 사연을 모두 짐작한 거지요. 그리고 그 편이 외려 다행스런 일이라는 듯이 일부러 입들을 다물어 준 거라오. 하니까, 여자가 그날 밤 그런 식으로 아비의 유골을 숨겨 묻고 간 지가 수 년이 지난 지금까지 아무에게도 그곳이 알려지질 않았시요. 글쎄, 이떤 사람들은 혹 그곳을 알고 있는지도 모를 일이기는 하지만, 알고 있거나 모르고 있거나 도대체가 그 일에 대해선 말들이 없거든요……"

주인은 그쯤 이야기를 끝내고 나서 손의 기색을 살피기 시작했다.

손은 이제 입을 굳게 다물어 버리고 있었다.

주인도 손도 거기서 한동안 서로 말이 없었다. 뒷산 솔밭을 스쳐가는 바람소리마저 어느새 고즈넉이 잦아들고 있었다. 술주전자도 이젠 바닥이 나 있었다. 한데도 주인에겐 아직 해야 할 이야기가 남아 있었던 것일까. 그는 빈 주전자를 들고 말없이 자리를 일어서서 부엌으로 나가 새로 술을 하나 가득 담아 왔다. 그러고는 손과 자신의 술잔을 채우고 나서 가만히 손 쪽의 표정을 살피고 있었다. 이번에는 뭔가 손 쪽에서 입을 열어올 차례라는 듯 그를 기다리는 기미가 역력했다.

새소리마저 잦아들고

손의 침묵은 의외로 완강했다.

그는 여전히 혼자 생각에만 골몰하고 있었다. 이제는 어떻게 피해나갈 수가 없는 자신의 예감에 입술이 오히려 굳어 붙고 있었다.

하지만 그는 결국 주인의 침묵을 이겨낼 수가 없었다.

"그 여자, 아마 앞을 못 보는 장님이 아니었소?"

말없이 주인의 강요에 견디다 못해 손이 마침내 한숨을 토하듯 주인에게 물었다. 어딘지 이미 분명한 짐작을 지니고 있는 투였다. 아니, 그는 으례 사실이 그러리라 스스로 확신해버린 듯 주인의 대답조차도 기다리는 표정이 아니었다.

그러자 주인은 여태까지 손에게서 그 한 마디를 듣기 위해 그토록 긴 이야기를 했었던듯 조급한 어조로 시인해왔다.

"아, 그랬지요. 내가 여태 그걸 말하지 않고 있었던가! 그 여잔 앞을 못 보는 장님이었다오. 그래, 그 노인이 여자의 앞을 인도하고 다니면서 손발 노릇을 대신해 줬지요."

그러나 그 주인의 어조에는 아직도 어딘지 시치밀 떼고 있는 구석이 있는 것 같았다. 그는 손이 말도 듣기 전에 어떻게 여자가 장님인 줄을 알고 있었는지도 묻질 않았다. 그것은 주인 쪽도 손이 그러리라는 걸 미리 알고 있었거나, 아니면 짐짓 그렇게 모르는 척해 넘기고 있음이 분명했다.

손 쪽도 주인의 그런 태도엔 새삼 이상스러워지는 느낌이 없는 것 같았다.

 말이 오가는 게 오히려 부질없는 노릇 같았다. 두 사람은 다시 내밀한 침묵으로 할말을 모두 대신하고 있었다. 그러다 이윽고 손 쪽이 먼저 자탄을 해왔다.

 "부질없는 일이오. 부질없는 일예요. 선학동엔 이제 학이 날질 못하는데, 그 학 없는 선학동에 여자가 아비의 유골을 묻고 간 것이 무슨 소용이 닿는 일이겠소."

 손은 그저 그 몇 마디뿐 자탄의 소리가 안으로 잦아지듯 다시 입을 나물고 말았다.

하지만, 주인은 이제 그것으로 모든 게 족한 모양이었다.

손은 아직도 여자와 자신과의 인연에 대해서는 분명한 말이 한 마디도 없었다. 하지만 그는 이제 학이 날지 못하는 선학동에 아비의 유골을 묻고 간 여자의 일을 제 일처럼 못내 안타까워하고 있었다. 주인은 그것으로 모든 일이 분명해지고 있는 것 같았다. 그리고 그것으로 만족한 것 같았다.

그가 다시 입을 열기 시작했다.

"아니, 노형은 아까 내 얘길 잊었구만요. 여자가 한 일은 부질없는 것이 아니었어요. 여자가 간 뒤로 이 선학동엔 다시 학이 날기 시작했거든요. 여자가 이 선학동에 다시 학을 날게 했어요. 포구물이 막혀버린 이 선학동에 아직도 학이 날고 있는 것을 본 사람이 그 눈이 먼 여자였으니 말이오……."

주인은 이번에야말로 선학동에 다시 학이 날게 된 사연을 이야기하기 시작했다.

눈이 먼 여자가 누구보다 먼저 선학동의 학을 다시 보기 시작했다…….

그것은 어딘지 좀 허황하고 기이한 이야기가 아닐 수 없었다. 하지만, 그에게 그런 믿음이 있었기 때문일까. 그는 한 번 이야기를 시작하자, 이번에는 손 쪽의 기미는 아랑곳을 않으려는 식이었다. 손님 쪽이 어떻게 이야기를 듣고 있든, 그는 필시 자기가 지녀온 이야기들을 모두 털어놓고 말 결심을 한 사람처럼 혼자서 열심히 이야기를 이어나갔다.

손은 다시 입을 다문 채 주인의 이야기를 귀를 기울였다.
 주인의 이야기는 한 마디로 그 여자가 자신의 노랫가락 속에 한 마리 학이 되어 간 이야기였다.

 가지 마오 가지 마오
 심 낭자 가지 마오

 여자는 날마다 소리만 하고 지내고 있었다.
 한 며칠을 그렇게 지내다 보니, 여자는 그저 아무때고 하고 싶은 소리를 하는 게 아니었다. 여자의 소리는 언제나 포구 밖 바다에 밀물이 들어오는 때를 맞추고 있었다. 그것도 마치 성한 눈을 지닌 사람이 바닷물이 차오르는 포구를 내려다보는 듯한 눈길로 반드시 마루께로 자리를 나앉아 잡고서였다.

어느 날 해질녘의 일이었다. 사내가 잠시 마을을 건너갔다 돌아와보니, 이 날도 또 여자와 노인이 소리 채비를 하고 앞마루께로 나앉아 있었다. 주인 사내는 눈먼 여자의 주의를 흐트리지 않으려고 무심결에 발소리를 죽이며 사립 밖에서 잠시 두 사람의 동정을 기다렸다.

그런데 사내는 거기서 차츰 괴이한 생각이 들기 시작했다. 여자에게선 이내 소리가 시작되어 나오질 않았다. 여자와 노인 사이에선 한동안 사내가 알아들을 수 없는 기이한 문답만 오가고 있었다. 문답은 주로 여자가 묻는 쪽이었고, 노인은 그걸 듣고 따르는 쪽이었다.

"오늘은 음력 초이틀 물이지요?"

여자가 무엇엔가 열심히 귀를 기울이며 노인에게 물었다.

"아마, 그렇제."

노인이 여자의 얼굴을 들여다보며 다소간 방심스레 대답했다. 그러자 여자가 가만히 고개를 끄덕이며 혼잣말처럼 말했다.

"그새 벌써 물이 많이 차 올랐어요. 물이 차 오르는 소리가 귀에 들려요."

그러고 나서 여자는 반 마장이나 떨어진 방둑 너머 바닷물 소리가 정말로 귀에 들려오고 있는 듯 한동안 더 주의를 모으고 있었다.

　사내가 따져 보니 아닌 게 아니라 물때가 거진 만조 무렵에 가까워지고 있었다. 옛날 같으면 포구 안으로 밀물이 가득 차올라들 때였다. 하지만 포구는 사라지고 없었다. 바닷물은 오래전에 이미 방둑 너머에서 출입이 막혀 버린 터였다. 한데도 여자의 귀는 그 밀물 올라오는 소리를 듣고 있는 모양이었다. 그리고 이젠 여자에게서처럼 자신의 귀에도 그 물소리가 들려오는 듯 지그시 눈을 내리감고 있는 노인에게까지 그걸 자꾸 일깨워주고 있었다.

　"어르신 귀에도 이제 소리가 들리시오? 물이 밀려드는 저 소리가 말씀이오."

　"그래 내게도 들리는 듯싶네."

　여자를 달래는 듯한 노인의 대꾸. 하지만 주인 사내가 정작에 놀란 것은 여자의 다음 물음이었다.

　"물소리가 들리시면 어르신도 그럼 그 물 위를 나는 학을 보실 수가 있겠구만요."

　여자는 노인에게 묻고 나서, 방금 자기 눈앞에서 날개를 펴고 떠오르는 학을 굽어보고 있기라도 하듯, 머릿속 정경을 그려 보였다.

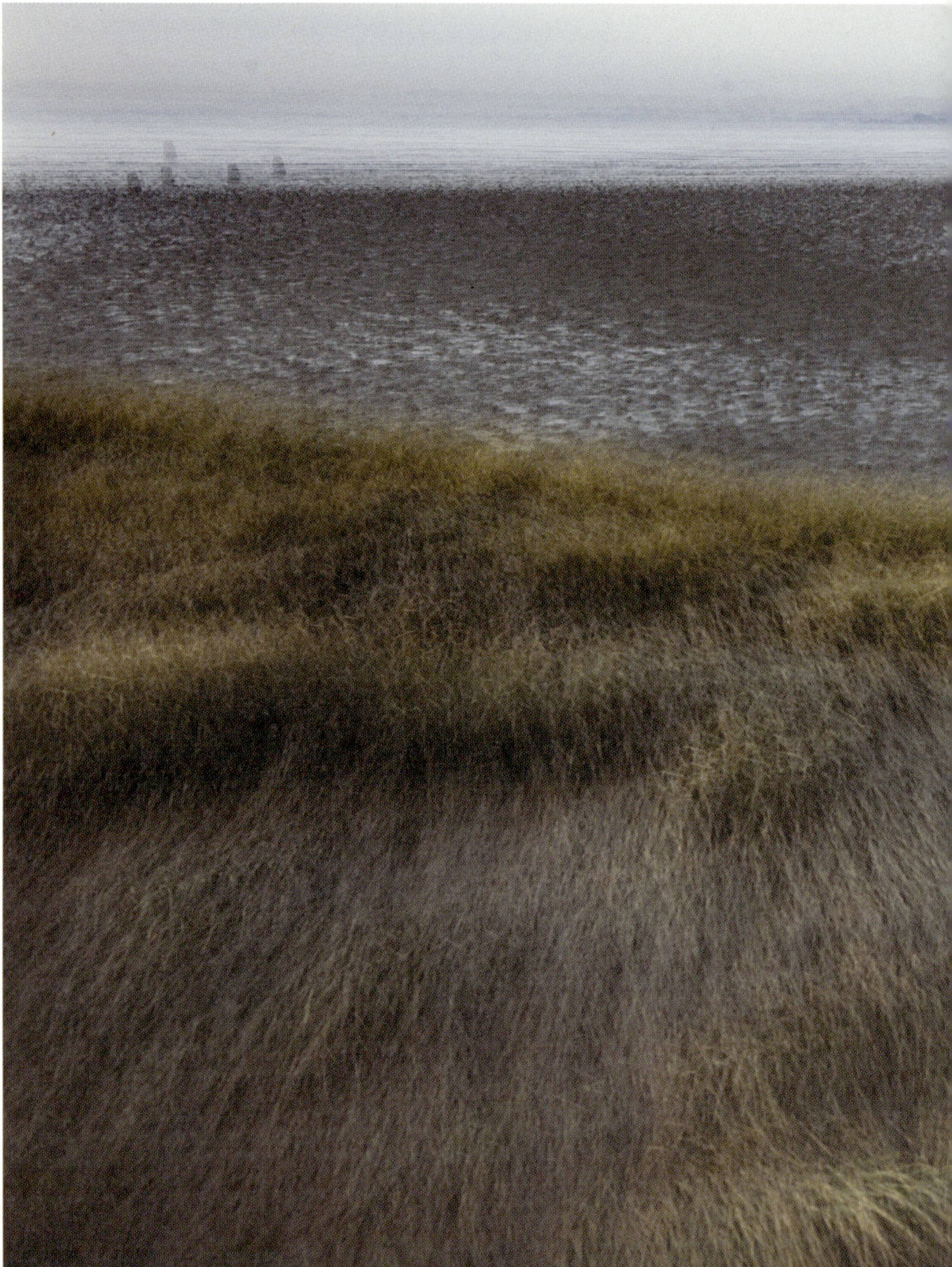

"포구에 물이 가득 차 오르면 건너편 관음봉이 물 위로 내려와서 한 마리 학으로 날아오르질 않겠소. 어르신도 그 걸 볼 수가 있으시겠소?"

"그래, 인제는 나도 보이는 듯싶네. 이 포구에 물이 차 오르고 건너편 산이 그 물 속에서 완연한 학으로 떠오르는 듯싶으네……."

노인은 한사코 여자의 뜻을 따라 자신의 눈과 귀를 순종시키고 싶어하는 대답이었다.

그러자 여자는 정작으로 그 비상학을 좇듯이, 보이지도 않는 눈길로 벌판 쪽을 한참이나 더듬어 대었다. 그러다 그녀는 비로소 채비가 제법 만족스러워진 노인 쪽을 돌아보며 비탄조로 말했다.

"아배의 소리는 그러니께 그 시절에 늘 물 위를 날아오른 학과 함께 노닐었답니다."

 주인 사내로선 갈수록 예사롭지 않은 소리들이었다. 눈 아래 들판엔 이제 물도 없고 산그림자도 없었다. 게다가 여자는 어렸을 적 아비의 소망처럼 그 물이나 산그림자의 형용을 깊이 눈여겨보았을 리 없었다. 하지만 여자는 이제 눈을 못 보기 때문에 오히려 성한 사람이 볼 수 없는 물과 산그림자를 보고 있는지도 몰랐다. 두 눈이 성해 있는 사람이면 그 말라붙은 들판에서 있지도 않은 물과 산그림자를 볼 리가 없었다. 있지도 않은 물과 산그림자를 본 것은 그녀가 오히려 앞을 못 보는 맹인이기 때문이었다.

사내의 그런 상상은

차츰 어떤 불가사의한 믿음으로 변해 갔다.

망망 창해에 탕탕蕩蕩한 물결이라

백빈주 갈매기는 홍요안에 날아들고…….

여자가 마침내 소리를 시작하고 있었다. 그런데 사내는 그 여자의 오장이 끓어오르는 듯한 목소리 속에 문득 자신도 그것을 본 것이다. 사립에 기대어 눈을 감고 가만히 여자의 소리를 듣고 있자니, 사내의 머릿속에서 오랫동안 잊혀져 온 옛날의 그 비상학이 서서히 날개를 펴고 날아오르기 시작한 것이다. 그리고 여자의 소리가 길게 이어져 나갈수록 선학동은 다시 옛날의 포구로 바닷물이 차 오르고 한 마리 선학이 그 곳을 끝없이 노닐기 시작했다.

그런 일이 있은 후 사내는 여자의 학을 믿지 않을 수가 없었다.

 여자는 날마다 밀물 때를 잡아 소리를 하였다. 그 소리는 언제나 이 선학동을 옛날의 포구 마을로 변하게 하였고, 그 포구에 다시 선학이 유유히 날아오르게 하였다.

 그리고 그러다 여자는 어느 날 밤 문득 선학동을 떠나갔다.

　하지만, 사내는 여자가 그렇게 선학동을 떠나가고 나서도 그녀의 소리가 여전히 귓전을 맴돌고 있었다. 그 소리가 귓전을 울려올 때마다 선학동은 다시 포구가 되었고, 그녀의 소리는 한 마리 선학과 물 위를 노닐었다. 아니, 이제는 그 소리가 아니라, 여자 자신이 한 마리 학이 되어 선학동 포구 물 위를 끝없이 노닐었다.
　그래 사내는 이따금 말했다.
　"여자는 어디로 떠나간 것이 아니여. 그 여자는 이 선학동의 학이 되어 버린 거여. 학이 되어서 언제까지나 이 고을 하늘을 떠돈단 말이여."

 여자가 그토록 갑자기 마을을 떠나가버린 데 대한 아쉬움 때문이었을까. 주막집 이웃들이나 벌판 건너 선학동 사람들마저 사내의 그런 소리엔 그리 허물을 해오는 눈치가 없었다. 선학동 사람들은 여자가 모셔온 아비의 유골을 모른 체 해주듯, 여자가 그렇게 주막을 떠나가고 나서도 그녀의 사연이나 간 곳을 굳이 묻고 드는 일이 없었다. 뿐더러, 주막집 사내가 이따금 그렇게 앞도 뒤도 없는 소리를 지껄여대도 그러는 사내를 탓하려 들기는커녕 오히려 그와 어떤 믿음을 같이하고 싶은 진중한 얼굴들이 되곤 하였다.

손은 이제 완전히 녹초가 되어버린 표정이었다. 이따금 손을 가져가던 술잔마저 이제는 전혀 마음에 없는 모양이었다.

 이야기를 끝내고 난 주인 쪽 역시 마찬가지였다. 가슴속에 지녀온 이야기들을 손 앞에 모두 털어놓은 것만으로 주인은 이제 자기 할 일을 다해 버린 사람 같았다. 손이 뭐라고 대꾸를 해오든 안해 오든 그로서는 전혀 괘념을 할 일이 아니라는 태도였다.

 주인은 완전히 손의 반응을 무시하고 있었다. 뒷산 고개를 넘어오는 솔바람소리가 아직도 이따금 두 사람의 귓전을 멀리 스쳐가고 있었다. 그 솔바람소리에 멀리 둑 너머 바닷물소리가 섞이는 듯하였다.

 침묵을 견디지 못한 건 이번에도 결국 손 쪽이 먼저였다.

"주인장 이야긴 고맙게 들었소."

이윽고 손이 먼저 주인에게 말하기 시작했다. 그의 어조는 이제 아무 것도 숨길 것이 없다는 듯 낮고 차분했다.

"하지만, 아까 이야기 가운데서 주인장께선 일부러 사람을 하나 빠뜨려 놓고 있었지요."

주인이 달빛 속으로 손을 이윽히 건너다보았다. 손이 다시 말을 이었다.

"주인장 어렸을 적에 이 마을을 찾아들었다는 그 소리꾼 부녀의 이야기 말이오. 그 때 그 어린 계집아이에겐 소리 장단을 잡아 주던 오라비가 하나 있었을 갭니다. 그런데 주인장께선 일부러 그 오라비 이야길 빼놓고 있었지요."

추궁하듯 손이 주인의 얼굴을 마주 바라보았다. 주인도 이젠 더 이상 사실을 숨길 것이 없다는 듯 고개를 두어 번 깊이 끄덕여 보였다.

"그렇지요. 난 그 오라비가 뒷날, 늙은 아비와 어린 누이를 버리고 혼자 도망을 쳤다는 이야기까지도 여자에게 다 듣고 있었으니께요."

"그렇담 주인장은 그 오누이가 서로 아비의 피를 나누지 않은 남남 한 가지란 것도 알고 있었겠구만요. 그리고 그 어린 오라비가 부녀를 버리고 떠난 것은 차마 그 원망스런 의붓아비를 죽여 없앨 수가 없어서였다는 것도 말이오."

주인이 다시 고개를 무겁게 끄덕여 보였다. 그러자 손이 다시 물었다.

"한데, 주인장은 아까 무엇 때문에 부러 그 오라비의 얘기를 빼고 있었소?"

"그야 노형도 그 오라빌 알 만한 사람이구나 싶었으니께요."

주인은 간단히 본심을 말했다. 그러고는 한 마디 덧붙였다.

"노형이 처음 비상학 얘길 꺼냈을 때 난 벌써 눈치를 챘거든요."

"그렇다면 주인장은 끝끝내 그 오라빌 모른 척하고 속일 참이었소?"

"아니, 그럴 생각은 아니었지요. 난 외려 이 이삼 년 동안 늘 그 여자의 오라비란 사람을 기다려온 걸요. 언젠가는 결국 그 오라빌 만나서 이야기를 모두 전해 주리라……. 그래야 무언지 내 도리를 다할 듯싶었고요."

"그 오라비가 이 곳을 찾아올 줄을 미리 알고 있었단 말이오?"

"여자가 그렇게 말을 했지요. 혹 오라비 되는 사람이 여길 찾아와 소식을 물을지 모른다고……. 그 여잔 분명히 그걸 믿고 있는 것 같았지요."

 "왜 처음부터 그 애길 안 했소? 주인장께선 벌써 다 이런저런 사정을 속속들이 알고 있었으면서도 말이오."
 "그건 그 여자의 부탁이 있었기 때문이오. 그 여잔 오라비가 혹 이 곳을 찾아오더라도 오라비가 자기 이야기를 물어 오기 전에는 절대 이 쪽에서 먼저 입을 떼어 말하지 말라는 부탁이었지요. 오라비가 정 마음이 괴로워 원망을 못 이긴 듯싶어 보이기 전에는 말이외다……. 그래 난 그저 노형의 실토를 기다려온 거지요."
 주인은 거기서 잠시 말을 끊고 손의 기색을 살폈다.
 손은 이제 다시 입을 굳게 다물고 있었다. 말없이 뜨락의 달빛만 내려다보고 앉아 있는 손의 얼굴에 새삼스런 회한의 기미가 사무치고 있었다.
 주인은 그 손의 정한을 부추겨 올리듯 느린 목소리로 덧붙이고 들었다.

"허지만, 이야기를 먼저 내놓지 말라던 것은 실상 여자가 남기고 싶었던 부탁이 아니었을 거외다. 여자는 그네의 오라버니가 여길 찾아올 줄도 알고 있었고, 이야기가 나올 줄도 알고 있었으니께요. 여자는 진짜 다른 부탁을 한 가지 남기고 갔다오……. 오라버니에게 더 이상 자기 종적을 알리고 하지 말아 달라고요. ……

아깟번에 내가 그 여자는 학이 되어 지금도 이 포구 위를 떠돌고 있다고 말한 적이 있지요. 그건 내가 생각해 내서 한 말이 아니오. 그것도 그 여자가 처음 한 말이었소. 오라비에게 나를 찾게 하지 마시오. 전 이제 이 선학동 하늘을 떠도는 한 마리 학으로 여기 그냥 남겠다 하시오……. 그게 그 여자가 내게 남긴 마지막 당부였소. 그리고 그 여잔 아니게아니라 한 마리 학으로 하늘로 날아 올라간 듯 그 날밤 홀연 종적을 감춰갔고 말이오……."

이튿날 아침, 손은 조반상을 물리자 곧 길을 나설 채비를 하였다.

"그 어른의 묘소라도 한 번 찾아가보지 않고 바로 떠나시겠소?"

주인이 그 손에게 무심결인 듯 넌지시 물었다.

주인 아낙에게 인사를 고하며 신발을 꿰신으려다 말고, 그 소리에 손이 주인을 돌아다보았다. 뭔가 은근히 추궁을 해 오는 듯한 손의 눈길에 주인은 그제서야 좀 서두르는 듯한 어조로 변명처럼 말했다.

"아, 그야 내가 아는 체하고 나설 일은 아니오만, 노형이 원한다면 그 어른의 묘소는 내가 가르쳐 드릴 수 있어서 말이외다……."

그러자 손은 이미 짐작을 하고 있었다는 듯 주인을 보고 뜻있는 웃음을 머금어 보였다.

"나도 알고 있었소. 간밤부터 나도 그걸 알고 있었어요. 눈이 먼 여자하고 노인네 둘이서는 워낙 힘이 들 일이었으니까요……."

손은 그러나 곧 고개를 천천히 가로저으며 쓸쓸한 얼굴로 말했다.

"하지만, 그 뭐 다 부질없는 일이지요. 당신 생전에 지어 묻힌 한인데 이제 와서 그런들 무슨 소용이 있겠어요? 이대로 그냥 떠나고 말겠소……."

말을 끝내고 나서 손은 이내 몸을 돌이켜 깨끗하게 쓸린 주막 마당을 걸어 나갔다. 주인도 더 이상 그것을 손에게 권하지 않았다. 그는 말없이 손을 뒤따라 사립 앞까지 나왔다. 그러나 그는 아직도 뭔가 미진한 것이 남아 있는 사람처럼 거기서도 쉽사리 손을 보내지 못했다.

늦가을 아침햇살

"그래, 그 오라비는 그땔 마지막으로 누이를 만날 수가 없었소?"

그가 새삼 손에게 물었다.

"아니랍니다. 그 뒤로도 딱 한 번 제 누이를 만난 적이 있었답니다. 한 삼 년 저쪽 일이었지요. 장흥읍 저쪽 어느 주막에서였답니다……."

손은 걸으면서 남의 말을 전하듯 느릿느릿 말했다.

"하지만, 그 때도 그 오라빈 끝내 자기가 오라비란 말을 못 하고 말았답니다. 그 누이가 워낙 눈이 먼 여자였으니까요. 그리고 다시 그 곳을 찾았을 땐 종적을 알 수가 없었어요."

　주인 사내는 별 할 일도 없이 아직도 어정어정 손의 발길을 뒤따르고 있었다.
　손도 굳이 주인의 그 은근한 배웅의 발길을 막지 않았다.
　늦가을 아침 햇살이 유난히도 맑았다. 고개를 넘어오는 솔바람 소리도 이 날 따라 유난히 가지런했다.
　두 사람은 이윽고 솔밭길을 들어서고 있었다. 들판과 관음봉이 한눈에 들어왔다.
　손은 그제서야 걸음을 멈춰 섰다. 그러고는 뭔가 고개를 넘어서기 전에 주인의 마지막 말을 재촉하듯 말없이 그를 기다리고 있었다. 그러자 주인도 이윽고 그 손의 뜻을 알아차린 듯 마지막으로 물었다.

"그래, 노형은 아직도 그 누이의 종적을 찾아다닐 참이오?"

하지만, 손은 이제 오히려 그런 주인을 안심이라도 시키듯 가만히 고개를 저어 보였다.

"아니오. 그도 뭐 이제는 다 부질없는 노릇 아니겠소? 하기야, 이번 길도 꼭 그 여자 소식을 만나리라는 생각에서 나선 건 아니지만 말이오. 글쎄 어쩌다 마음에 기리는 일이 생기면 여기나 한 번 더 찾아오게 될는지……. 여기 선학동이라도 찾아와서 학의 넋이 되어 떠도는 그 여자 소리나 듣고 가고 싶소마는……."

그러고는 지금도 그 선학동 어디선가 여자의 노랫가락 소리가 들려 오고 있는 듯, 그리고 노랫가락 속에 한 마리 학이 되어 물 위를 떠도는 여인의 모습을 보고 있기라도 하듯 눈길이 새삼 아득해지고 있었다.

솔바람 소리가 다시 한 차례 산봉우리를 멀리 넘어가고 있었다.

주인은 거기서 길을 돌아섰다.

그리고 손은 다시 솔밭 사이의 고갯길을 오르기 시작했다.

잠시 후 ─ 주인 사내가 사립을 들어섰을 때 손도 방금 돌고개 모롱이를 올라서고 있었다.

하지만 손은 이내 고개를 넘어가지 않았다. 주인은 손이 고개를 넘어가기를 사립 앞에서 기다리고 있었다. 모롱이를 올라선 손의 모습은 한식경이 지나도록 사라질 줄을 몰랐다.

기다리다 못 한 주인이 마침내 모롱이 쪽에서 먼저 눈길을 비켜 돌아서버렸으나 고개 위의 사내는 한나절이 지나도록 그 모습 그대로 주저앉아 있었다.

사내가 고개를 넘어간 것은 저녁 나절 해도 거의 다 기울어들 때쯤 해서였다.

손이 고개를 넘기를 기다리며 저녁 나절 내내 사립 손질을 하고 있던 주인 사내가 어느 순간 아직도 작자의 모습이 그대로려니 싶은 생각으로 고개 쪽을 바라보니, 그가 문득 모습을 거두고 없었다.

손의 모습이 사라진 빈 고갯마루 위론 푸른 하늘만 무심히 비껴 흐르고 있었다.

그러자 사내는 문득 가슴이 저리도록 허망스런 느낌이 들었다.

그는 고개 위에 손이 모습을 남기고 있는 동안 하루 종일 그 고개 쪽으로부터 어떤 소리가 귀에 쟁쟁하게 들려오고 있었던 것만 같았다. 그것은 옛날에 들은 그 여인의 노랫가락 소리 같기도 하였고, 어쩌면 사내 그 자가 한나절 내내 그렇게 목청을 뽑아 내리고 있었던 것 같기도 하였다.
 그런데 그 고개 위의 사내의 모습이 사라져버리자, 그의 귓가에서도 이제 소리가 문득 그쳐 버린 것이었다.
 그는 마치 자신이 꿈을 꾸고 있는 것 같았다. 그가 정말로 하루 종일 그 소리를 듣고 있었는지 어쨌는지 분명한 분간을 해낼 수가 없었다.
 그러나 그는 굳이 그런 건 따지려 하지 않았다. 정말로 소리를 들었든지 말았든지 그런 건 굳이 상관을 하기도 싫었고 또 상관을 해야 할 필요도 없었다.
 그리고 사내는 그 때 그런 몽롱한 마음가짐 속에서 또 한 가지 기이한 광경을 보았다. 사내가 다시 눈을 들어 보았을 때, 길손의 모습이 사라지고 푸르름만 무심히 비껴 흐르는 고갯마루 위로 언제부턴가 백학 한 마리가 문득 날개를 펴고 솟아올라 빈 하늘을 하염없이 떠돌고 있었다.